FORMOSUS NIGER,

DE LA POLICE.

Qui male agit odit lucem

A PARIS,

CHEZ PLANCHER, éditeur des Œuvres complètes de Voltaire, en trente-cinq tome, in-12, rue Serpente, n°. 14.

1817

IMPRIMERIE DE Mme Ve PERRONNEAU,
QUAI DES AUGUSTINS, N° 39

AUX MINISTRES.

———

Des envieux, dans leurs écrits sinistres,
Exagérant nos revers et nos maux,
   Veulent en vain, sages ministres,
   Troubler vos utiles travaux,
   Marchez toujours d'intelligence,
Affermissez le trône en soutenant la loi,
   Et pour le bonheur de la France,
   Comme il le veut, servez le Roi.

———

PRÉFACE.

Pourquoi les hommes faits pour s'entendre se trouvent-ils si souvent en contradiction ? C'est d'abord parce qu'ils n'attachent pas les mêmes idées aux mêmes mots ; ensuite, c'est qu'ils sont rhéteurs, et non pas logiciens.

Chacun se pique, dans le monde, de bien parler : on s'enorgueillit du titre de beau parleur, on s'occupe peu de parler juste. Cependant le raisonnement est la première qualité de l'orateur, de l'homme public, même de tout homme particulier, et surtout de celui qui écrit pour instruire et pour éclairer ses concitoyens.

Mais, comme le dit M. de Lévis, dans ses Souvenirs :

« On s'occupe bien moins de la justesse
« des idées, de leur enchaînement, et de
« la vérité des jugemens, que du choix et
« de l'arrangement de mots. La plupart
« des gens de lettres, contens, s'ils réussis-
« sent à former une suite de sons harmo-
« nieux, cherchent plus à charmer l'oreille,
« qu'à contenter la raison.

« Ce n'était pas ainsi que travaillaient les
« anciens : chez eux, la pensée l'emportait
« sur la diction, le fond sur la parure ; on
« méditait alors avant d'écrire. »

Et, comme le dit Du Tillet, si heureu-
sement cité par M. le vicomte de Château-
briand : « Pas n'est besoin, pour l'homme
« d'état, de cette grande et notable élo-
« quence, compagne de sédition, pleine de
« désobéissance, téméraire et arrogante,
« n'étant à tolérer aux cités bien consti-
« tuées. »

Aussi, la principale application qu'on

devrait avoir, serait de former son jugement, et de le rendre aussi exact qu'il peut
l'être ; et ce devrait être, notre première
étude ; mais que nous en sommes loin, et
que notre éducation s'y oppose ! Un jour,
et ce jour n'est pas loin, j'en développerai
les vices (1). Aujourd'hui, je ne veux que
prouver l'utilité de la logique dans la discussion que j'entame sur la Police ; mais
avant tout, il faut commencer par convenir de la signification des mots, et surtout
de celui de Police ; et pour la définir j'in-
voquerai des hommes qui feront autorité
chez tous les peuples, et dans tous les
siècles.

Les vents se jouent de la cendre des
héros et des conquérans ; les peuples respectent long-temps la mémoire des bons
rois ; les grands écrivains ne meurent pas.

______

(1) Je prépare une nouvelle edition de la Logique de
Dumarsais.

Homère est aussi jeune que Voltaire, et J.-J. Rousseau marche à côté du divin Platon. Leurs ouvrages sont leurs ames; les siècles pourront leur manquer, ils y survivront.

FORMOSUS NIGER,

DE LA POLICE.

Qui male agit odit lucem

CHAPITRE PREMIER.

Visite a Sainte-Pelagie

Dans les premiers jours du mois dernier, je reçus une lettre datee de Sainte-Pélagie, par laquelle un de mes amis m'annoncait que dans le moment ou il s'occupait à prendre des arrangemens avec ses créanciers, l'un d'eux, plus récalcitrant que les autres, peut-être parce que sa créance était moins legitime, l'avait fait arrêter et renfermer dans cette maison, ou les soupirs du malheur, les regrets de l'imprudence, les larmes du repentir ne se confondent pas avec les cris du remords, les imprécations de la colere et les hurlemens du crime.

Je m'y rendis sur-le-champ avec un homme de loi, et j'eus le bonheur de n'en pas sortir, sans en avoir ouvert les portes a mon ami

En entrant dans la chambre où il était renfermé, j'avais remarqué un jeune homme que la douleur semblait accabler. Ses cheveux étaient en desordre ; ses yeux rouges et enfoncés, ses joues creuses et tous les muscles de sa physionomie semblaient être en contraction Il lisait une brochure ouverte devant lui sur une table, et le sourire affreux du desespoir était sur ses levres

Ses traits ne m étaient pas étrangers, et après l avoir examine avec attention, je le reconnus pour le fils d'un riche marchand chez lequel je me fournis habituellement

Pendant que mon ami s'expliquait avec l'homme de loi que je lui avais amené, et lui donnait tous les renseignemens nécessaires, je m'approchai du jeune prisonnier, et je me hasardai a lui faire quelques questions qui lui marquaient l interêt qu il m inspirait.

Le malheur est confiant, et la douleur aime a s'épancher Je vis que, loin de le fatiguer, mes questions le soulageaient, et il y repondit en ces termes Oui, Monsieur, vous ne vous trompez pas, je suis le fils de M B**, mais il n est pas un pere pour moi c'est un tyran, c'est un bourreau ! C est lui qui m'a plongé dans ce cachot, c'est lui qui m y retient, c'est lui qui a armé contre moi un ministre injuste, qui ose ainsi violer la liberté des citoyens.

Quel est donc ce ministre, lui dis-je ? — Pouvez-vous me le demander ? ne reconnaissez-vous pas la le despotisme de la police ? — J'ai toujours regardé la police comme la sauve-garde des citoyens honnetes et tranquilles. — *La police*, Monsieur, *est un monstre né dans la fange révolutionnaire , de l'accouplement de l'anarchie et du despotisme récompenser le crime, punir la vertu , c'est toute la Police*

Je ne pus m'empêcher de sourire , et je lui dis : Mon ami, le malheur outre tout , et il vous rend injuste. — Ce n'est pas moi qui parle, Monsieur, me dit-il vivement, c'est un homme d'État , un homme que sa naissance , son rang, ses talens rendent respectable jugez-en vous-même.

En meme-tems il me présenta sa brochure, et m'en montrant le titre, il me fit lire le nom d'un homme fait pour inspirer la confiance , et pour siéger également avec éclat parmi les grands du royaume , et parmi ceux dont le génie et les ouvrages soutiennent la gloire de la littérature française. Atterré par le poids de ce nom , je gardai quelque tems le silence , et je ne le rompis que pour l'engager à me confier la cause de sa détention, en lui promettant d'employer le peu de crédit dont je jouis , à la faire cesser, si, comme il me l'assurait , elle était injuste. Il me le protesta de nouveau et me dit Vous connaissez mon père, Monsieur, vous savez qu'il jouit d'une fortune considérable , mais il n'a des yeux et un cœur que pour sa fille et pour son gendre C'est pour eux seuls qu'il a des entrailles de père. Quant à moi , il me refuse même le nécessaire , et vous savez qu'à mon âge , le plaisir est quelquefois le nécessaire. Je conviens que pour me le procurer j'ai été forcé d'avoir recours à des moyens peut-être un peu violens. On a séduit mon domestique , qui avait toute ma confiance et tous mes secrets, il les a tous trahis, et sans aucune forme juridique, sur la dénonciation de mon peie, sur la deposition de mon domestique, le ministre m'a prive de ma liberté, et me traite comme un criminel, sans vouloir entendre ma justification — **Je verrai votre peie**, lui dis-je avec chaleur, je verrai même le ministre, s'il le faut, et je vous donne ma parole d'honneur de vous faire rendre justice

En lui disant ces mots, je le quittai pour venir donner a mon ami ma signature dont il avait besoin pour sortir avec moi, et en quittant Sainte-Pelagie, je reitérai au jeune prisonnier ma promesse de m'occuper de lui, et de ne pas perdre une minute pour lui faire rendre sa liberté.

CHAPITRE II

Une soirée dans ma bibliothèque

Je rentrai chez moi le cœur content d'avoir pu sauver mon ami ; mais l'esprit agité, troublé du passage que m'avait fait lire, sur la police, ce jeune prisonnier que je laissais à regret à Sainte-Pélagie, je n'osais taxer d'injustice ou de partialité un chevalier français, comblé des faveurs de son roi, et investi de l'estime publique. Eh quoi ! me disais je, cette magistrature civique, que je regardais jusqu'à ce jour comme la sauve-garde protectrice des citoyens, en serait le fléau ! Cette idée me tourmentait au point, qu'ayant achevé précipitamment mon léger dîner, je courus m'enfermer dans ma bibliothèque, et là, au milieu de mes oracles, je consultai tour à tour les sages, les législateurs et les jurisconsultes, pour connaître leurs sentimens sur la police.

Je t'interrogeai le premier, divin PLATON, et voilà comme tu me répondis .

« La police est la vie, le règlement et la loi par « excellence qui maintient la cité. »

Ton disciple ARISTOTE me la définit « Le bon « ordre, le gouvernement de la ville, le soutien de « la vie du peuple, le premier et le plus grand des « biens. »

Isocrates s'exprime ainsi « La police est l'ame
« de la cité' elle y opere les mêmes effets que l'en-
« tendement dans l'homme, c'est elle qui pense a
« tout, qui regle tou'es choses, qui fait ou qui pro-
« cure tous les biens nécessaires aux citoyens, et qui
« eloigne de leur société tous les maux et toutes les
« calamites qu'ils auraient a craindre. »

Plutarque et Cicéron ne font que répéter tout
ce qu'ont dit ces sages Mais ces sages, me dis-je,
vivaient dans des republiques, leurs usages, leurs
mœurs n'etaient pas les notres, leurs lois devaient
etre bien différentes de celles que nos legislateurs
nous ont données eh bien! écoutons les jurisconsultes français qui furent dans leur temps les oracles
du barreau, et qui sont encore aujourd'hui nos guides.
Je les ouvre, et voilà ce que j'en extrais.

Bouthillier, conseiller au parlement de Paris,
l'un de nos anciens jurisconsultes, définit la police-
politique « la plus noble partie de toute science pra-
« tique C'est par elle, dit-il, que l'homme apprend
« à gouverner le peuple en justice, à maintenir les
« habitans d'une ville en paix, à contenir chacun
« dans son devoir, a veiller sur les ouvrages, afin
« qu'il n'y soit fait aucune fraude, et a tenir la main
« a ce que le commerce soit exercé avec fidelité »

J'appelle, dit M. Le Bret, Police, les lois et les
« ordonnances que l'on a de tout temps publiées dans
« les états bien ordonnés, pour regler l'économie des
« vivres, retrancher les abus, et les monopoles du
« commerce et des arts, empécher la corruption des
« mœurs, retrancher le luxe, et bannir des villes les

« jeux illicites   ce qui a mérité ce nom particulier de
« POLICE, d'autant qu'il serait impossible qu'aucune
« cité pût long-temps subsister si ces choses y étaient
« négligées »

BACQUET, dans son *Traité des droits de justice*,
définit la POLICE, « un exercice qui contient en soi
« tout ce qui est nécessaire pour la conservation et
« l'entretenement des habitans et du bien public
« d'une ville. »

LOISEAU s'exprime encore beaucoup mieux sur ce
sujet, et donne plus d'étendue à sa définition de la
Police.

« C'est un droit, dit ce savant jurisconsulte, par
« lequel il est permis de faire, d'office, par le seul
« interêt du bien public, et sans postulation de per-
« sonne, des règlemens qui engagent et lient tous
« les citoyens d'une ville pour leur bien et leur utilité
« commune. » Et il ajoute · « Que le pouvoir du
« magistrat de police approche et participe beaucoup
« plus de la puissance du prince que celui du juge,
« qui n'a droit que de prononcer entre le demandeur
« et le défendeur. »

Enfin LA MARRE (1), qui joignit la pratique à la
théorie, et dont l'estimable ouvrage attend un conti-

---

(1) LA MARRE, doyen des commissaires du Chatelet, fut charge
de plusieurs affaires importantes sous le regne de Louis XIV Ce
monarque l'honora de son estime Il mourut en 1723, âge d'en-
viron 82 ans Il est auteur d'un excellent Traite sur la police, en
3 vol in-folio, auxquels *M. Leclerc du Brillet* a ajouté un qua-
trieme Quelques inexactitudes dans un ouvrage aussi volumineux,
ne doivent pas fermer les yeux sur la profondeur des recherches,

nuateur , après nous avoir dit que toutes les lois n'ont pour objet que le bien commun de la societe, que c est la police qui protege et qui maintient l'ordre , que c est de l ordre que depend le bonheur des etats , nous rappelle qu'Auguste crea dans Rome un tribunal et un magistrat unique pour la police, que beaucoup d autres exerçaient auparavant avec une confusion terrible et des inconveniens continuels. Il lui donna le titre de Prefet de la ville , et le mit au-dessus des preteurs

Auguste l'établit le seul magistrat de police ; et cette charge unique fut d'abord d'une si grande consideration, qu'Auguste en pourvut, pour la première fois, Agrippa son gendre et son favori.

Fort de cette masse d'opinions respectables, dont je pouvais accabler le sophiste qui m'avait un instant troublé , j'etais pret à quitter ma bibliothèque, lorsque je fis reflexion que , quoique démenti par les sages et par les jurisconsultes , cet écrivain brillant pouvait en appeler aux philosophes modernes, qui font loi pour nos liberaux , je continuai donc mon travail , et je consultai tour à tour Montesquieu, Fontenelle, Mably Voilà leurs réponses.

Ecoutons d abord le premier des législateurs, celui qui a devine et expliqué l'esprit des lois.

« Les reglemens de police sont d'un autre ordre
« que les autres lois civiles

---

et la solidité du jugement qui en font le caractere On y trouve dans un grand detail l histoire de l'etablissement de la police, les fonctions et les prerogatives de ses magistrats, et les règlemens qui la concernent

« Il y a des criminels que le magistrat punit, il y
« en a d'autres qu'il corrige   les premiers sont sou-
« mis à la puissance de la loi , les autres à son au-
« torité Ceux la sont retranches de la société, on
« oblige ceux-ci de vivre selon les lois de la société.
« Dans l'exercice de la police, c'est plutot le magistrat
« qui punit que la loi ; dans le jugement des crimes,
« c'est plutôt la loi qui'punit que le magistrat.

« Les matières de police sont des choses de chaque
« instant, et où il ne s'agit ordinairement que de
« peu , il ne faut donc guere de formalités.

« Les actions de la police sont promptes , et elle
« s'exerce sur des choses qui reviennent tous les jours;
« les grandes punitions n'y sont donc pas propres.

« Elle s'occupe perpétuellement de détails , les
« grands exemples ne sont donc pas faits pour elle.

« Elle a plutôt des règlemens que des lois.

« Les gens qui relevent d'elle sont sans cesse sous
« les yeux du magistrat; c'est donc la faute du ma-
« gistrat, s'ils tombent dans des exces

« Ainsi il ne faut pas confondre les grandes viola-
« tions des lois avec la violation de la simple police.
« Ces choses-là sont d'un ordre different. »

Voici comment FONTENELLE, le plus sage des philosophes du dix-huitième siecle, qui semblait présager
nos malheurs et nos crimes, quand il disait que s'il te-
nait toutes les vérités dans sa main , il se garderait bien
de l'ouvrir, s'exprimait sur la police en pleine Acadé-
mie, en payant a M D'ARGENSON le tribut d'eloge que
l'usage a consacré dans les corps littéraires

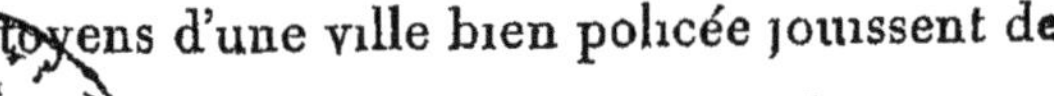
« Les citoyens d'une ville bien policée jouissent de

« l ordre qui y est établi, sans songer combien il en
« coûte de peines a ceux qui le conservent, à peu
« près comme tous les hommes jouissent de la régu-
« larité des mouvemens célestes, sans en avoir aucune
« connaissance, et même plus l'ordre d une police
« ressemble par son uniformite à celui des corps cé-
« lestes, plus il est insensible, et, par conséquent, il
« est toujours d'autant plus ignoré qu il est plus par-
« fait mais, qui voudrait le connaître et l'approfondir
« en serait effrayé

« Entretenir perpétuellement dans une ville telle
« que Paris une consommation immense, dont une
« infinite d accidens peuvent toujours; tarir quelque
« source, reprimer la tyrannie des marchands a l'é-
« gard du public, et en même temps animer leur
« commerce, empecher les usurpations mutuelles des
« uns sur les autres, souvent difficiles a demeler, re-
« connaître dans une foule infinie tous ceux qui
« peuvent si aisement y cacher une industrie perni-
« cieuse, en purger la société, ou ne les tolerer qu'au-
« tant qu'ils peuvent lui etre utile par des emplois
« dont d'autres qu'eux ne se chargeraient pas, ou ne
« s'acquitteraient pas si bien, tenir les abus néces-
« saires dans les bornes prescrites de la necessite qu ils
« sont toujours prêts a franchir, les renfermer dans
« l'obscurite a laquelle ils doivent être condamnés,
« et ne les en tirer pas même pour des chatimens trop
« eclatans, ignorer ce qu il vaut mieux ignorer que
« punir, et ne punir que rarement et utilement, pe-
« netrer par des conduits souterrains dans l intérieur
« des familles, et leur garder les secrets qu elles n'ont

« pas confiés tant qu'il n'est pas nécessaire d'en faire
« usage, être présent partout sans être vu, enfin mou-
« voir ou arrêter à son gré une multitude immense et
« tumultueuse, et être l'ame toujours agissante et
« presqu'inconnue de ce grand corps voilà qu'elles
« sont en général les fonctions du magistrat de la
« police.

« Il ne semble pas qu'un homme seul puisse y suf-
« fire ni par la quantité des choses dont il faut être
« instruit, ni par celles des vues qu'il faut suivre, ni
« par l'application qu'il faut apporter, ni par la variété
« des conduites qu'il faut tenir et des caracteres qu'il
« faut prendre; mais la voix publique répondra si
« M. d'Argenson a suffi à tout

« Sous lui la propreté, la tranquillité, l'abondance,
« la sûreté de la ville furent portées au plus haut
« degré, aussi le feu Roi (Louis XIV) se reposait-il
« entièrement de Paris sur ses soins il eût rendu
« compte d'un inconnu qui s'y serait glissé dans les
« ténèbres. Cet inconnu, quelqu'ingénieux qu'il fût à
« se cacher, était toujours sous ses yeux, et si enfin
« quelqu'un lui échappait, du moins ce qui fait pres-
« qu'un effet égal, personne n'eût osé se croire bien
« caché

« Il avait mérité que, dans certaines occasions im-
« portantes, l'autorité souveraine et indépendante
« des formalités, appuya ses démarches, car la justice
« serait quelquefois hors d'état d'agir, si elle n'osait
« jamais se débarrasser de tant de sages liens dont
« elle s'est chargée elle-même.

« Quelle qu etendue que fut l admimistration de la
« police , le feu Roi ne permit pas que M d Argenson
« s'y renfermat entierement Il l'appelait souvent a des
« fonctions plus elevées et plus glorieuses , ne fut-ce
« que par la relation immediate qu'elles donnaient
« avec le maître , relation toujours si precieuse et si
« recherchee (et si envree)

« Enfin M d Argenson vint a exercer regulierement
« aupres du Roi un ministere secret et sans titre ,
« mais qui n en etait que plus flatteur et n en avait
« meme que plus d autorite »

A la mort de Louis XIV , le regent remit les sceaux
entre les mains de M d Argenson , qui conserva toujours son influence sur la police Un homme aussi
consomme dans cette partie pouvait seul eventer les
menees perfides d Alberoni , et la sécurite témeraire du
regent lui serait devenue bien funeste , si M d Argenson , place a la tête de la magistrature , eut dedaigne
les utiles travaux de la police.

Faute de connaître le prix et les avantages de la le-
gitimite , les Polonais , lasses de leur anarchie perpe-
tuelle , apres avoir demande une constitution a l'elo-
quent sophiste de Geneve , s adresserent au sage abbe
Mably , et voici ce qu il leur prescrivit sur la police ·

« Les fonctions de votre grand-marechal , ou du
« conseil de police , se bornent a la police de Var-
« sovie Ce ne serait pas la peine de substituer un
« conseil particulier au grand-marechal , si on ne lui
« atthbuait pas la connaissance de tout ce qui peut
« être compris sous la denomination de police gene-
« nerale de la republique

« Il me semble qu'on peut charger le conseil de po-
« lice du soin le plus précieux pour la république Les
« mœurs publiques doivent etre soumises a son ins-
« pection, et l'intendance de l education qui prepare
« des citoyens à la république doit appartenir au con-
« seil de police

« Il le faut avouer, les Romains ont eu, a cet
« égard, une sagesse que l'on ne peut trop admirer.
« Leurs censeurs, comme autant de sentinelles, avaient
« les yeux continuellement ouverts sur les vices qui
« cherchaient à se glisser dans la republique Ils ecar-
« taient les tentations, ils empechaient qu'on ne tom-
« bât dans le précipice, parce qu'ils ne permettaient
« pas d'en approcher.

« Il faudrait donner une nouvelle autorité au gou-
« vernement, créer, s'il le fallait, une magistrature
« extraordinaire et passagère qui, en donnant une se-
« cousse aux esprits, romprait les habitudes nouvelles
« et remettrait en vigueur les anciennes lois »

Rien ne semblait manquer à mon travail, mais pour
le completer entierement, il fallait y joindre le sentiment des publicistes etrangers sur la police.

J'ouvris d'abord le *Traité des Délits et des Peines*
du marquis de Beccaria, qui dut une partie de sa re-
putation à sa douce philantropie, et l autre aux philosophes modernes, qui reconnurent en lui un adepte
digne de leur adoption.

Le philosophe qui l'a traduit (M Morellet) nous
dit dans sa préface « Malheur aux hommes froids
« qui pourraient parler sans enthousiasme des inte-

« rêts de l humanité, pourvu que cet enthousiasme
« ne nuise pas a la solidite des raisons, et qu'en se
« livrant aux mouvemens d une eloquence seduisante,
« on ne s'écarte pas du chemin de la verite »

Voici maintenant comme s'exprime le marquis
italien

« La mort d'un citoyen peut etre necessaire dans
« un cas, c est lorsque, prive de sa liberte, il a en-
« core des relations et une puissance qui peuvent
« troubler la tranquillite de la nation, quand son
« existence peut produire une revolution dans la
« forme du gouvernement etabli.

« Les premieres lois, les premieres magistratures
« durent leur origine à leur necessite de prevenir les
« desordres qu'aurait entraîne le despotisme physique
« de chaque particulier Ce fut l'objet de l etablisse-
« ment de la societe, et tous les Codes des nations,
« même ceux qu'on peut regarder comme destruc-
« teurs, sont, ou prétendent être diriges vers ce but.

« Il vaut mieux prevenir les crimes que les punir,
« c'est a prevenir les crimes que doit tendre une
« bonne legislation, qui est l art de conduire les
« hommes au *maximum* du bonheur, ou au *mini-*
« *mum* du malheur

« Enfin, le moyen le plus sur, mais le plus diffi-
« cile de rendre les hommes meilleurs, est de per-
« fectionner l education

« Les principaux moyens de la rendre vraiment
« utile, sont de s'occuper davantage de présenter aux
« enfans un petit nombre d objets bien choisis et bien
« distincts, que de leur en montrer un grand nombre.

« De conduire son elève à la vertu par la route du
« sentiment, plutôt que par la crainte du châtiment »

On ne peut nier que tous ces paragraphes du marquis de Beccaria ont plutôt trait à la police particuliere, qu'a la législation generale, et qu'il s'y occupe
plus de la réforme des mœurs, que de la punition des
crimes

Apres lui, je consultai l ouvrage de Gottlobs de
Justi, commissaire-général de police des duchés de
Brunswick et de Lunebourg Voici comme il s'exprime :

« Il est du devoir de la police de prévenir les trou-
« bles et les émeutes, et d'obvier a tout ce qui peut
« troubler la tranquillité de l'état

« C'est proprement à la politique qu'il appartient
« de maintenir les membres qui composent l'etat,
« dans l'ordre et le rang qui leur conviennent respec-
« tivement les uns aux autres, de sonder leurs vues
« et leurs sentimens à l'égard du gouvernement, de
« découvrir les complots qui se forment, et de les
« étouffer, en un mot, de ménager les passions et les
« intérets particuliers des sujets, de facon que tous
« concourrent au bien de l Etat

« La Police est l'instrument dont la politique se
« sert pour mettre ses lois et ses reglemens en exé-
« cution, et par conséquent, elle doit empecher les
« violences, les voies de fait, les emeutes et les sedi-
« tions   en un mot, tout ce qui peut troubler le re-
« pos public.

« Comme la police est le bras dont le Souverain
« se sert pour faire executer ses lois et ses ordon-

« nances , pour le maintien et la sûreté publique ,
« elle doit etre extremement attentive à tout ce qui
« peut la troubler et y porter atteinte Les revoltes
« et les seditions sont si fort a craindre pour un etat,
« qu'on ne peut etre trop attentif a empêcher tout ce
« qui peut les occasionner

« La police doit empecher les propos et les ecrits
« licencieux, et qui tendent à troubler l'etat, et sur
« tout que ces derniers ne se repandent Un ministre
« qui a de la prudence doit en profiter, pour con-
« naitre les sentimens des sujets , et dissiper les
« soupçons qu ils peuvent avoir, au cas qu'ils soient
« fondes »

Il ne me restait plus qu'à connaitre l'opinion de ce
peuple si long temps ennemi, toujours rival, et dont
nous sommes aujourd hui les serviles imitateurs
j'avais sur mon bureau l ouvrage du docteur Colquhoun
sur la police de Londres, et je ne devais pas craindre
la partialite d'un Anglais en notre faveur Je l'ouvris
donc avec confiance, et voila ce que j y lus

« Toutes les lois qui ne s accordent pas avec les
« regles de la verite et de la justice, avec les senti-
« mens de l humanite et avec les droits imprescrip
« tibles de l homme, doivent etre abrogees et an-
« nulees

« Qu on n objecte pas que les moyens de répres-
« sion blessent la liberte des citoyens, ils assisteront
« et protegeront le marchand honncte et loyal , et
« rien n est plus conforme a l'esprit de nos anciennes
« lois, que de prevenir le mal que pourraient faire

« les personnes dont on a lieu de craindre les mau-
« vaises dispositions.

« C'est en donnant à la police son caractère véri-
« table et naturel, et en la depouillant des fonctions
« judiciaires appartenantes exclusivement aux magis-
« trats, qu'on peut tracer une ligne de demarcation
« convenable entre les procedes, dont les uns ont
« pour objet de prevenir les crimes, et les autres de
« les punir, apres qu'ils ont été commis C'est aussi
« par ce moyen qu'on parviendra a opérer dans la mo-
« rale du peuple un changement propre a diminuer
« le nombre des delits, et a faire rentrer par degres
« les malfaiteurs dans les sentiers de l'innocence,
« dans l'habitude de la sobriéte, et dans l'exercice de
« l'industrie.

« Quoiqu'il y eut, sous l'ancien gouvernement de
« France (avant la revolution) beaucoup de par-
« ties de l'administration qui puissent etre desap-
« prouvées par ceux qui connaissent le prix de la li-
« berté, cependant ce qu'on appelait *La police* etait
« reglée et dirigée de maniere qu'on jouissait dans ce
« pays de la sûrete personnelle, et de la protection
« contre les dépredations de la portion la plus dé-
« pravee de la sociéte à un degre qu'on n'a jamais
« connu en Angleterre, tandis qu'au contraire nous
« avons constamment soufferts des maux sans nombre
« d'après l'idée, fausse sans doute, que la liberte
« vaut bien que nous endurions ces fleaux publics,
« et que nous laissions nos proprietés et nos per-
« sonnes exposées aux attaques des voleurs et des
« brigands.

« Au commencement des troubles de France (ceci
« est un fait curieux) le lieutenant général de police
« avait sur ses registres les noms de vingt mille per-
« sonnes suspectes et dépravées, connues pour tenir
« une conduite criminelle (1).

« Cependant, comme on avait fait de cette partie
« de la police l'objet immédiat des soins assidus et
« uniformes d'une des branches du pouvoir exécutif,
« les crimes étaient beaucoup moins fréquens qu'en
« Angleterre, et la sureté des personnes et des pro-
« priétes infiniment plus grande Pour prouver la ve-
« rité de cette assertion, et pour montrer jusqu'à quel
« degré de perfection la police avait été portée, on
« va présenter au lecteur deux anecdotes que l'auteur
« tient d'un ministre etranger qui a résidé plusieurs
« annees à la cour de France. »

Un négociant tres-considéré de Bordeaux allant à
Paris pour des affaires de commerce, emporta avec
lui des lettres de change et de l'argent pour une somme
considerable.

A son arrivée à la barriere de la capitale, un homme
de bonne mine ouvrit la portière de sa voiture, en
lui disant *Monsieur, je vous attends, d'apres*
mes renseignemens, voici l'heure que vous deviez

---

(1) Il est bien constaté, que c'est principalement par le moyen
et par l'assistance d'une grande partie de vingt mille coquins qui
etaient enregistrés sur les livres de la police, avant le regne de
l'anarchie en France, que les factions auxquelles cette malheu-
reuse contrée a été en proie, ont commis ces horribles massacres,
et ces actes de barbarie qui ont excité l'étonnement, l'execration
et l'horreur chez toutes les nations civilisées

*arriver ; et comme votre personne, votre voiture,
et votre porte-manteau sont exactement conforme au
signalement que j'ai entre les mains, vous voudrez
bien me permettre d'avoir l'honneur de vous conduire
chez M. de Sartines.*

Le négociant surpris et alarmé de cet accueil, et
encore plus d'entendre citer le nom du lieutenant de
police, demande ce que lui voulait M. de Sartines,
ajoutant qu'il n'avait jamais rien fait de contraire aux
lois, et qu'on n'avait pas le droit de le retenir ni de
l'arrêter.

L'homme lui répondit qu'il ignorait absolument la
cause de sa détention, et que quand il l'aurait conduit chez M. de Sartines, il aurait rempli ses ordres,
lesquels étaient puremeut ministériels.

Après quelques explications ultérieures, le négociant consentit à se laisser conduire M. de Sartines,
le reçut avec beaucoup de politesse, et après l'avoir
prié de s'asseoir, il lui fit, a son grand etonnement,
la description de son porte-manteau, lui spécifia
exactement la somme qu'il apportait à Paris, tant en
argent qu'en lettres de change, et lui dit ou il comptait
loger, à qu'elle heure il avait coutume de se coucher,
en y joignant nombre d'autres circonstances que le
négociant ne croyait connues que de lui seul. M de
Sartines ayant ainsi excité son attention, lui fit cette
question extraordinaire *Monsieur, vous sentez-vous
du courage ?* Le negociant encore plus etonné de la
singularité de cette question, en demanda le motif,
ajoutant que personne n'avait jamais doute de son courage. *Monsieur,* lui dit alors le magistrat, *vous devez*

être volé et assassiné cette nuit Si vous êtes un homme de cœur, il faut que vous vous rendiez a votre auberge, et que vous vous couchiez à votre heure ordinaire, mais ayez soin de ne pas vous endormir. Ne regardez ni sous votre lit, ni dans les cabinets attenans a votre chambre Il lui fit la description la plus exacte de l appartement Placez votre porte-manteau auprès de votre lit, et ne laissez paraître aucun soupçon je me charge du reste Si toutefois vous ne vous sentez pas assez de resolution pour soutenir cette epreuve, je trouverai quelqu un qui se chargera de votre rôle, et qui vous remplacera.

Le negociant bien convaincu par cette conversation que M de Sartines etait parfaitement informe, refusa de se faire representer, et resolut de suivre litteralement les instructions qu il venait de recevoir En consequence, il se coucha a onze heures, suivant son ordinaire, a minuit et demi, qui etait l heure designee par M de Sartines, on ouvrit doucement la porte de sa chambre, et trois hommes entrerent a la lueur d'une lanterne sourde, armes de poignards et de pistolets. Le negociant qui, comme on le pense, etait reveille, reconnut dans le nombre son propre valet Ils pillerent le porte manteau, et formerent le complot de le tuer. Lui qui les entendait et qui ignorait les moyens qu on devait employer pour le sauver, etait, comme on peut aisement le croire, dans la plus grande perplexite, quand au moment ou ces scelerats se preparaient a consommer leur horrible attentat, quatre officiers de police qui, d apres les ordres de M de Sartines, s etaient cachés sous le lit et dans un cabinet, s'elancèrent sur les coupables , et les saisirent nantis des effets dont ils s'étaient emparés , et prêts à commettre le meurtre.

Ainsi le crime ne fut pas consommé , et on acquit des preuves suffisantes pour convaincre les coupables. La sagacité de M de Sartines lui fit prévenir un vol et un assassinat qui , sans la perfection de la police , auraient été immanquablement consommés.

La seconde anecdote est relative à JOSEPH II. Ce monarque ayant composé et promulgué un nouveau Code touchant les offenses civiles et criminelles , et ayant etabli un systeme de police qu'il croyait etie le meilleue de l'Europe , avait de la peine à pardonner à la nation française la supériorité evidente de sa police, diiigée pai M DE SARTINES, sur la sienne, quoiqu'il se fût donné des peines infinies pour perfectionnei cette partie de son administration.

Un brigand fameux, qui était sujet de l'empereur, avait commis plusieurs actes atroces de violence à Vienne, la police établie par Sa Majesté impériale découvrit qu'il s'était réfugié à Paris, en conséquence, ce prince oidonna à son ambassadeur pres la coui de France de demandei que ce criminel fût livie à la justice.

M. DE SARTINES convint avec l'ambassadeur que l'homme en question avait été effectivement a Paris , il ajouta même que, s'il le désirait, il lui indiquerait les différentes maisons de jeu et les lieux infâmes qu'il avait frequentés pendant son sejour dans cette ville; mais il finit par lui dire qu'il n'y était plus.

L'ambassadeur, après avoir vanté l'habileté et l'exactitude de la police de Vienne, insista, en assurant que le criminel devait encore être à Paris, sans quoi l'Empereur ne l'aurait pas chargé de la commission qu'il avait reçu.

M. DE SARTINES sourit de l'incrédulité du ministre impérial, et lui répondit

Faites-moi l'honneur, Monsieur, de mander à l'Empereur, votre maître, que l'homme qu'il réclame a quitté Paris le 20 du mois dernier, et qu'il est actuellement dans sa propre capitale, loge dans une chambre, sur le derrière, au troisième étage, ayant vue sur un jardin, Carls Strass, n° 93, ou Sa Majesté peut compter qu'on le trouvera, en envoyant sur les lieux

Cette information était si conforme de tout point à la vérité, qu'au grand étonnement de l'Empereur, on trouva le criminel dans la maison et dans la chambre que le lieutenant de police de Paris avait désignés, mais ce prince fut extrêmement mortifié de voir que la police de France était mieux informée que la sienne de ce qui se passait même a Vienne

« Il est constant que le système français avait été
« porté au plus haut dégré de perfection, et quoiqu'il
« ne fût pas nécessaire, ni même convenable de le
« prendre absolument pour modele, on pourrait
« neanmoins en emprunter plusieurs idées utiles, et
« propres à perfectionner la police de Londres, mais
« encore à étendre et a augmenter la liberté des ci-
« toyens, sans attaquer un seul privilege, et sans se

« méler d'aucune classe d'individus, à l'exception de
« ceux qui se livrent au désordre, a la fraude et au
« crime.

« Ne point employer les pouvoirs dans un état
« pour détourner les maux dont il est évidemment
« menacé, c'est donner un consentement tacite aux
« crimes. Quand au contraire on prend des moyens
« pour arrêter les progrès de la turpitude et du vice,
« et pour forcer l'obéissance aux lois, on assure les
« priviléges de l'innocence et le bonheur de la so-
« ciété. »

Je ne poussai pas plus loin mes recherches, et satisfait de mon travail, je me couchai l'esprit plus tranquille, mais je n'oubliai pas la promesse que j'avais
faite à mon jeune prisonnier, et dès le lendemain ma-
tin je me rendis chez son père.

CHAPITRE III

L'Officier de paix.

Quoiqu'il fût de tres bonne heure loisque je me rendis chez M B** il etait deja dans son cabinet, occupe a veiifiei ses livies Il vint au-devant de moi, et me ienouvela toutes ses offies de seivice J'eus presque de la peine a le ieconnaîtie, tant il etait change Une teinte de chagrin etait repandue sui toute cette physionomie que j avais toujours vue si ouverte, si douce et si iiante Apres m'etie infoimé de la sante de sa femme et de sa fille, je lui demandai des nouvelles d Auguste, c etait le nom de son fils Il rougit aussitot, et poussant un piofond soupii, et posant la main sui son cœui, il me dit Je l ai perdu, Monsieui, il est moit poui moi vous venez de toucher une plaie bien fiaiche et bien douloiieuse. Je lui avouai alois la iencontie que j avais iiite la veille de son fils a Sainte-Pelagie, et je ne lui cachai pas qu elle etait le piincipal motif de ma visite. Monsieur, me dit-il alois, ce n'est pas a un peie i deshonorei son fils, mais la iougeui qui couvie mon fiout doit vous en diie assez

Dans ce moment, un vieux domesl   e a cheveux blancs, annonca a M B** la visite de l   iudhomme:

c'était le nom d'un ancien avocat qui m'avait autrefois rendu quelques services, mais que j'avais perdu de vue depuis pres de vingt ans Nous nous reconnûmes cependant aussitôt, et il m'apprit qu'apres avoir perdu son cabinet dans les premiers jours de la revolution, il avait passé vingt annees chez l'etranger, qu'il n'etait rentré en France que depuis deux ans, ou il avait été trop heureux d'obtenir de la bonte du Ministre une place d'*officier de paix*, dont les fonctions, souvent severes, l'auraient peut etre rebute, s'il n'en etait pas quelquefois dédommagé par le bonheur de pouvoir être utile à quelques familles malheureuses

J'en suis un exemple, dit vivement M. de B**, et puisque vous connaissez M. Prudhomme, personne ne peut mieux que lui vous faire connaitre la cause de mes chagrins et les fautes de mon fils C'est lui qui nous a sauvé, à moi l'honneur, et la vie a ce malheureux.

En même temps, il lui remit un paquet, en lui disant Voilà ce que je vous ai promis de faire Si Auguste consent à partir avec vous pour Rio-Janeiro, vous trouverez une lettre de credit de cent mille francs sur le banquier de la cour, que j'autorise à les compter a mon fils, mais sur vos seuls mandats, et lorsque vous croirez qu'il en fera un bon usage Je le rappellerai pres de moi, quand vous l'en croirez digne Allez, Monsieur, allez lui rendre la liberté que le Ministre veut bien lui accorder, mais a condition, comme nous en sommes convenus, qu'il ne vous quittera pas jusqu'a votre embarquement Le

verrez vous , lui dit M Prudhomme ? — La veille de
votre depart , pas avant

M B** fit alors avancer une voiture , et j y montai
avec M. Prudhomme, qui m'apprit en chemin tous
les chagrins qu Auguste avait cause a son pere Tant
que ses fautes, me dit il, ne blessent que son interet, son pere les repara et les pardonna , mais vous
savez que la fureur du jeu peut conduire aux bassesses
des bassesses a l'escroquerie , et de l'escroquerie au
crime Auguste y touchait Ecrase par une perte sans
ressource , il prit une resolution desespéree, affreuse;
il resolut d'attenter lachement aux jours de celui qui
lui avait gagne sa fortune , et de lui reprendre ainsi
l effet qu il lui avait signe , et qu il etait hors d etat
de pouvoir jamais acquitter , mais pour consommer
son crime, il avait besoin d un complice, il crut l avoir
trouve dans son domestique, c est ce vieux Germain
que vous venez de voir chez M B**, et qu il avait lui
meme place aupres de son fils , avec ordre de se preter
à toutes ses erreurs pour les connaitre, et etre a meme
ou de les prevenir , ou de les reparer Germain fut ef-
fraye de la proposition d Auguste , mais il se garda
bien de lui témoigner son indignation , et meme de
le combattre trop vivement il feignit, au contraire, de
s'y preter pour connaitre tous les details du crime qu il
projetait Quand il en fut suffisamment instruit , il se
hata d en prevenir M B**, qui se rendit a l'instant
chez moi, ou Germain me repeta tout ce qu il venait
de lui dire Je sentis que nous n'avions pas un moment a perdre. Je conduisis M B** dans le cabinet
du ministre , qui le consola , le rassura et me donn

des ordres suffisans pour prévenir le crime pret à peser
sur la tête de son fils, et pour sauver l'honneur d'une
famille estimable Nous renvoyâmes Germain auprès
de son jeune maître, pour qu'il n eut aucun soupcon.
J'exécutai les ordres du ministre Auguste fut arreté
a l'instant même ou sa main levait le poignard sur
l homme qui lui avait vole plutôt que gagne sa fortune, et qui, etant note à la police, fut trop heureux
de me remettre, pour une ceinture de four, le billet
qu'Auguste lui avait fait Vous voyez combien de pa-
reilles mesures sont précieuses pour le repos, la fortune, l'honneur, la vie meme des citoyens Nous allons
voir Auguste, je lui porte son ordre de sortie, a la
condition qu'il quittera Paris dans les vingt-quatre
heures, et qu il m accompagnera a Rio Janeiro, ou
le ministre me renvoie avec une commission hono-
rable Je dois y rester trois ans, si, pendant ce temps,
Auguste revient, comme je l espere, a l honneur et
aux mœurs, je le ramenerai avec moi, et la somme
que m'a confiee son pere, bien employee, est suff-
sante pour reparer les breches immenses faites a sa
fortune

En causant ainsi, nous arrivâmes a Sainte-Pelagie,
je fis demander Auguste, qui descendit dans la
chambre du concierge il parut enchante de ma visite, mais quand il apercut M Prudhomme, qu il
n avait pas vu d abord, la colere se peignit dans ses
yeux Le sang froid, la prudence et la douceur de
cet officier de paix, joints a tout ce que je lui dis
ne tarderent pas a l apaiser Je vis plus de larmes
rouler dans ses yeux Je Prudhomme le les apercut

comme moi aussitôt, il lui prit les mains avec amitié, et lui annonça les bontés du ministre, son ordre de sortie, les conditions qu'il y mettait, et tout ce que son père daignait encore faire pour lui. Auguste consentit à tout, et nous sortîmes tous les trois de Sainte-Pelagie J'engageai M Prudhomme à venir dîner chez moi, avec Auguste ils acceptèrent, et nous nous séparâmes pour quelques heures Je rentrai chez moi; je fis fermer ma porte pour tout le monde, excepté pour M. Prudhomme et pour Auguste, auxquels je fis préparer un dîner, que je me promis de rendre, sinon agréable, au moins intéressant.

~~~~~~

CHAPITRE IV.

―――

Le Dîner.

A cinq heures et demie, on m'annonça M. Prudhomme et Auguste; je remarquai avec plaisir qu'Auguste avait soigné sa toilette, et qu'un air de sérénité
avait pris sur son front celui de la colère et du desespoir. Je fis aussitôt servir le dîner. Pendant qu'Auguste y faisait honneur, M Prudhomme nous donna
des éclaircissemens sur le Brésil, et sur Rio-Janéiro,
et nous apprit des particularités infiniment intéres-
santes sur l'emigration d'une monarchie Européenne
dans un nouveau monde, évenement unique dans les
annales de l'histoire, et que notre révolution seule
pouvait causer et pourra faire croire, il nous fit en-
trevoir l'influence que cette transmigration royale doit
avoir un jour sur le systeme politique des deux
mondes, dont notre position actuelle ne nous permet pas encore de calculer les effets et les suites

Quand nous fûmes au dessert, je renvoyai mon
domestique, et j'ouvris l'arène dans laquelle M Prudhomme et Auguste brûlaient également d'entrer,
forts de leurs armes bien préparées, car, je vis qu'Auguste s'était exercé à manier celles que lui avait fourni
~~~~~~

son éloquent sophiste Il commença, en effet, par
une sortie brillante contre la police en general .

M Pinal l'écouta avec un sang froid qu'il
conserva pendant toute leur discussion Je ne m'en
melai en aucune manière, content de les écouter
pour pouvoir les juger sans partialité, et, je vais
le rendre fidelement et presque mot à mot, d'après
quelques notes que je prenais

M PRUDHOMME

Monsieur, votre intention est, sans doute, comme
la mienne, de discuter, et non pas de disputer, il
est donc bien essentiel de nous entendre parfaitement,
et nous n'y parviendrions jamais si nous n'attachons
pas le meme sens aux memes mots, vous definissez
la police

*Un monstre né dans la fange revolutionnaire,
de l'accouplement de l'anarchie et du despotisme.*

Moi je la definis

*Une puissance protectrice, prevoyante et pa-
ternelle*

Selon vous · *Recompenser le crime et punir la
vertu, est toute la police*

Selon moi *Elle veille a la sûreté particuliere,
à la tranquillité publique,*

Elle protege le commerce,

Elle encourage l'industrie et les arts ;

Elle defend l'innocence,

Elle reforme les abus ;

Elle reprime les vices,

Elle previent les crimes.

Vous voyez combien nos idées sont différentes. Eh bien ! il s'agit, non pas de les rapprocher, elles sont trop opposées, mais de prouver jusqu à l'évidence la vérité des unes, par la fausseté des autres, et c'est ce que va faire le raisonnement juste et sans passion Commençons par distinguer la police ministérielle et la police municipale.

La police ministérielle, est politique et générale.

La police municipale, est locale, positive et particulière

Leurs attributions sont également distinctes voila celles de la police générale.

Attributions du Ministre de la Police generale

La police générale a la haute police de l'état,

Les affaires relatives à la sûreté générale du royaume et à la decouverte des manœuvres qui tendraient a y porter atteinte,

La correspondance générale et spéciale avec les différentes autorités ;

L'ordre et la tranquillité publique,

La surveillance des délits civils et politiques,

L'imprimerie et la librairie,

L'examen des livres imprimes,

La surveillance des journaux,

La censure des pieces de théâtre,

L'exécution des lois de toute espece en matiere de police,

La haute-main sur la préfecture de police

Attributions du Préfet de Police

Approvisionnemens de Paris.

Bureau des nourrices

Fêtes publiques

Surveillance de la maison du Refuge, dite de Saint-Michel, et de tout ce qui peut etre relatif aux affaires secretes des familles

Attroupemens, reunions tumultueuses, coalitions d ouvriers

Ports d'armes — Passe ports

Cultes — Morts — Cimetieres

Afficheurs, colporteurs, ecrivains publics, théatres, bals, concerts, feux d artifices, societes et réunions, maisons de jeu, billards

Chanteurs, baladins

Vols, assassinats, incendies, rixes, voies de fait, escroqueries, fausses monnaies

Hotels garnis, logeurs.

Mont-de-Piete, brocanteurs

Inseuses, furieux, mendians, vagabonds, gens sans aveu, evades des prisons, des fers.

Domestiques, commissionnaires.

Police des prisons, maisons d'arrêts, de justice, de force, de detention et de repression.

Départ des chaines, mises en liberte.

Surveillance des maisons de correction, des maisons de sante, hospices

Enfans abandonnes ou egares.

Illumination , balayage , nettoiement, voieries ,
égoûts , aqueducs , puits , fontaines , porteurs d'eau ,
arrosemens , pompes à feu , ramonages , incendies ,
suicides, noyés , transports des blessés et des malades.

Gendarmerie royale de la ville de Paris , corps de
sapeurs, corps-de-garde.

Salles de dissection , établissemens qui intéressent
la salubrité , pharmacies , herboristes , officiers de
santé , sages-femmes , charlatans, vaccine , maladies
épidémiques , fosses , vétérinaires

Messageries , voitures publiques , carrosses de
place , cabriolets , charrettes , hacquets , postillons ,
cochers , chairetiers , porteurs de chaises , police du
roulage.

Portefaix , étalages nouveaux

Quoique je me déclare vis-à-vis de vous le chevalier de la police générale , je n'en défendrai pas
moins la police particulière , quand les coups que
vous voudrez porter à l'une, ne tomberaient que
sur l'autre , car toutes deux ont leur utilité et leurs
avantages Je vous laisse l'offensive, et je me bor-
nerai à la réplique et à la défensive. Parlez.

AUGUSTE.

La police générale est incompatible avec une
constitution libre.

M. PRUDHOMME.

Qu'entendez-vous par une constitution libre?

AUGUSTE.

Celle que nous donne la Charte, qui nous assure

I liberté de penser, de pailei, d'éciiie, et la liberte individuelle

M. PRUDHOMME

En nous accoidant la liberte de la presse, et la liberte individuelle, la Chaite n'en autoiise pas les abus, elle exige au contiaie des lois iepiessives. Oi, la loi est positive, mais poui avoii son execution, il faut qu'elle soit modifiee

AUGUSTE

Si la loi est positive, on ne doit pas la modifiei

M PRUDHOMME

Nous n'attachons pas la meme idee au meme mot Vous entendez pai *modifiei*, alteici, diminuei, restieindre, et ce n'est pas la signification que je lui donne, mais la didactique Or, voici sa definition *modifiei* est un terme didactique, qui signifie *donnei un mode, une maniere d'etie* Vous conviendiez que, dans l'execution d'une loi, il faut convenii de ce mode, car, quoique la loi, comme je vous l'ai dit, soit positive, son application vaiie selon la foime et la natuie du delit, et c'est suitout en quoi consiste la diffeience entie le magistiat et le ministie Le magistiat punit le ciime et piononce la loi, le ministie la pievient en empechant le ciime Pouiquoi des lois iepiessives, quand vous pouvez cieei un pouvoir impeditif?

AUGUSTE

La pensee est libie, son expiession doit l'etie, oi, l'expression de la pensee est la paiole, l'ecitule l'impiimerie donc, la paiole, l'ecitule et l'impıımerıe doıvent etre lıbres , sauf à être réprimées sı elles devıennent dangeıeuses , punıes sı elles sont sedıtıeuses.

M. Prudhomme.

Et pourquoı donc parler touıours de punır les delıts quand on peut les prévenır ? Celuı quı a le pouvoır d'empecher le cııme, et quı le laısse commettre, est le premıer eoupable d'apres l'axıome *Quı non vetat peccaıe, cum possıt, ıubet* « C'est en em- « pechant de petıts cıımes, dıt Beccarıa, qu'on en « prévıent de plus grands » Laıssons donc a la polıce ses verıtables fonctıons, quı consıstent à pıeveuıı les offenses, sans qu'elles se confondent en aucune manıeıe avec le pouvoır ıudıcıaıre chargé de punır, pouvoır dont la magıstrature est exclusıvement ınvestıe.

Tout legıslateur sage doıt avoır en vue de prévenır les crımes plutôt que de les punır. La polıce, une lanterne sourde à la maın, marche devant la ıustıce, et c'est elle quı luı découvre le malfaıteur qu'elle n'a pu désarmer, et qu'elle n'a pas le droıt de punır.

Auguste.

On ne doıt pas capıtuler avec la Charte , elle prononce la lıbeıté de la presse   l'empêcher, c'est vıoler la Constıtutıon

M. Prudhomme.

En vérıté , en vérıté, ıe vous le dıs   malheur bıen grand, regrets bıen amers attendent l'ımprudent quı laıssc une armc chaıgée à la poıtée d un enfant, d'un

(44)

insensé, ou d'un furieux On regiettera la censure (1)

AUGUSTE

La censuie pouvait avoir ses avantages sous un
gouveinement puiement monaichique, mais, n'ou-
bliez pas que celui sous lequel nous vivons aujour-
d'hui, est une monaichie constitutionnelle

M PRUDHOMME

Je vous avoue franchement que je ne conçois pas
le melange de deux pouvoirs egaux pretendre unii
e semble le pouvoii monarchique et la libeite re-
publicaine, c est vouloir faire coulei dans le meme
lit, les eaux paisibles de l'Agnagno et la lave biulante
du Vesuve accoidei au Roi le *pouvoii executif*,
c'est lui imposei le devoir de faiie executei les oidies
du *pouvoir legi latif* Il n'est donc que le biais de

---

(1) Je profite de la libeite que j'ai de diie mon sentiment sur
la censure Loin de la redouter, je l ai toujours regardee comme
un tiibunal pateinel Si pendant un demi siecle entier que j ai
parcouru une cainiie plus agieable que glorieuse, j ai tiouve quelques jours heureux, j ai compte quelques succes capables de flattei
mon amour propre et de m encourager a prendre un plus noble
elan c'est a mon censeur que je les ai dus je lui en voue une
reconnaissance eternelle, et je le nommeiais pour m honoiei, si a
ces tiaits de bonte on ne reconnaissait pas sur le champ le Nestor
de la littèrature française, le digne successeur de Fontenelle et de
d Alembeit

Un censeur s'attachait a l ecrivain dont il iecevait, pour ainsi
diie la confidence il l eclairait de son expeiience, il foimait son
gout, il rretait ses eciits, souvent meme il l aidait de ses demar
ches, autant que de ses avis Les corrections et les ietianchemens
qu il fesat à un ouviage, le lui iendaient en quelque sorte per
sonnel ce et i nt autant de motifs pour exciter son interet

la loi , et celui qui fait la loi est au-dessus de celui
qui l'exécute Ainsi , il n'y a pas d'égalité entre le
législateur et le Monaique

AUGUSTE.

Mais si la police générale se permet les actes arbi-
traires tels que suppressions d'ouvrages , visites do-
miciliaires , arrestations , emprisonnemens, exils, la
Charte est anéantie.

M. PRUDHOMME.

Pourquoi ne voir jamais que les abus ? Pourquoi
vouloir qu'un ministre qui ne veille que pour maintenir l'ordre, la sûreté, la tranquillité, qui ne respire
que le bonheur du Peuple , qui est son défenseur ,
son protecteur , en devienne l'oppresseur et le tyran?
Vous craignez qu'il n'abuse de son pouvoir, mais
son pouvoir finit où la loi commence. Et voyez les
sages bornes que le ministre s'impose à lui-même dans
le discours qu'il a prononcé le 7 décembre à la Chambre des Députés , en leur demandant une loi sur la
liberté de la presse et sur la liberté individuelle.

AUGUSTE.

Vous ne nierez pas cependant que la Police ayant
tous les journaux à sa disposition , peut à son gré
étouffer l'opinion ou l'altérer.

M. PRUDHOMME.

Voilà de l'injustice , voilà de la passion le devoir
de la police générale est de connaître l'opinion publique, pour la fortifier, pour la protéger si elle marche avec le Gouvernement, ou pour la redresser si

malheureusement elle lui est contraire, et si elle est dangereuse.

AUGUSTE.

Voyez un ministre de la police dans une Chambre de Deputes . .

M PRUDHOMME

A quoi cela revient-il ? Mettez au moins de l'ordre dans vos reproches J ai promis de repondre a des raisonnemens et non pas à des declamations Je veux discuter et non pas disputer Vous allez me dire que les opinions des membres de la Chambre ne seront pas libres en presence d'un ministre qui ne les ecoute que pour connaitre l homme qu il doit un jour denoncer, frapper ou corrompre Laissez, laissez ce mouvement oratoire au consul romain tonnant sur Catilina au milieu du senat Ne sentez-vous pas la faiblesse et le ridicule de cette sortie ? Un ministre a-t-il besoin d etre dans la Chambre des Deputes pour connaitre leurs opinions ? leur discussions ne sont-elles pas p j liques ? leurs personnes ne sont-elles pas inviolables ? Ils ne doivent aucun compte au ministre de leurs opinions, et ils peuvent lui en demander des actes de son ministere s ils ne sont pas ses juges, ils peuvent au moins se porter ses accusateurs

AUGUSTE

Je passe condamnation sur cet article qui, je l'avoue, soit de la question Mais comment defendriez-vous l'impot arbi i ire que le ministre leve sur les journaux et les maisons de jeux, sa protection vendue a ces lieux impurs et si funestes a la societe ?

M PRUDHOMME.

Jeune homme, l'architecte immortel qui a élevé devant le Louvre cette superbe colonade qui excite l'admiration générale , a pratiqué dessous des conduits souterrains , auxquels le monument doit sa salubrité On peut les deviner , mais l œil ne les découvre pas Toutes les parties de l'homme ne sont pas egament nobles , et nos astronomes modernes viennent de deoouvrir des taches dans le soleil.

AUGUSTE.

Vous enlevez tres-adroitement celles du ministere. Mais comment justifierez-vous l'impôt levé sur les journaux et sur les jeux? a-t-il le droit de les lever ? La Charte dit

Article 47 « La Chambre des Députés recoit « toutes les propositions d'impôts , »

Article 48 « Aucun impot ne peut être établi et « perçu s'il n'a pas eté consenti par les deux Chambres « et sanctionné par le Roi »

M. PRUDHQMME.

En nous entendant, nous allons etre bientôt d accord Définissons d aboid le mot d'impôt L'*Impôt* est une taxe levee en vertu de la loi sur tous les particuliers , pour subvenir aux charges et aux depenses genérales du Gouvernement, consenties egalement par la Nation representée par ses Députes , auxquels le ministre des finances presente chaque annee son budget, composé de sa depense et de sa recette Or, quelle somme trouvez vous allouée dans le budget au ministre de la police generale ? un million *Je* vous le demande, cioyez-vous de bonne foi qu'une pareille somme soit suffisante pour faire face à toutes ses depenses ostensibles, et secrettes.

AUGUSTE

Non, ceitainement : mais pourquoi, comme les autres ministres, n'en préseute t-il pas l'etat ? Il n'a pas le dioit de lever arbitrairement un fianc d impôt.

M PRUDHOMME

Je vous ai defini le mot d impôt or, il est bien prouve que le ministre de la police n'en leve aucun.

AUGUSTE

Comment nommez-vous donc les contiibutions qu'il leve sur les journaux et sur les jeux ?

M PRUDHOMME.

Comme vous, *des Contributions*

AUGUSTE.

Jeu de mots Quelle difference mettez-vous entre l impôt et la contribution ?

M. PRUDHOMME.

Elle est immense. L'impôt est un en même tems qu'il est géneral. Il est forcé, parce que c'est la Nation et la loi qui l'établissent concurremment nul ne peut s'y soustiaire La contribution est personnelle et volontaire C est le journaliste, c'est le joueur qui la paient Personne n'est force de faire un jouinal ni de jouei Le ministre accorde, a tel prix que bon lui semble, la permission d'un journal, ou l'ouveiture d'une maison de jeu.

AUGUSTE.

C'est-à-dire qu'il vend la permission de mentir et de voler à tant par jour.

M PRUDHOMME.

La passion outre toujours. Les journalistes sont soumis à une censure, les maisons de jeux ont leurs reglemens. Les publicistes, en convenant des dangers de ces maisons, avouent que leur utilité, leur nécessité même en surpassent la masse, et j'en appelle à un écrivain que vous ne récuserez certainement pas, puisque c'est lui qui vous fournit toutes vos objections.

« Je ne suis pas assez ignorant, dit-il, des affaires
» humaines, pour ne pas savoir que les maisons de
» jeux ont été tolérées dans les sociétés modernes »

AUGUSTE.

Et que deviennent les millions qu'elles rapportent?

M. PRUDHOMME.

Le produit des journaux sert à encourager, à soutenir, à récompenser les gens de lettres peu favorisés de la fortune.

AUGUSTE.

C'est-à dire à acheter leurs plumes.

M. PRUDHOMME.

Voila ce qui vous trompe   je pourrais vous prouver qu'un homme de lettres, bien connu, generalement estimé, qui s'est déclaré ouvertement contre les ministres, qui a tonné contre eux dans la Chambre des Députés, a, cependant, un traitement de seize mille francs, sur les journaux

4

AUGUSTE.

Et qui soudoie-t-on avec la rétribution immense des maisons de jeux?

M. PRUDHOMME.

Le nombre immense de tous les agens que la police est forcee d'employer et de tenir secrets : j'ai lu dans une lettre adressée à M le vicomte de Ch .. ce passage.

« Vous publiez que le ministre ne rend pas compte « de la ferme des jeux vous savez que ce compte « se rend tres-régulierement, et vous connaissez per- « sonnellement l'emploi de tous les fonds. »

J'ajoute encore, moi, que ce qu'il y a peut-être de plus admirable dans les opérations de la police, c'est la partie de ses finances. Sans être a charge a l'Etat, elle trouve le moyen de subvenir à ses dépenses, et elle les trouve dans les abus meme qu'elle surveille. Semblable a l'habile pharmacien qui , par une manipulation savante , trouve des remedes salutaires dans les poisons les plus subtils et les plus dangereux

AUGUSTE.

Eh bien ! passons encore sur l'article des finances , et venons à une partie bien plus intéressante le premier bien de l homme , le plus precieux est sa liberté individuelle. La Charte la consacre , admettez-vous la Charte ?

M PRUDHOMME.

Elle est pour les Français, ce que l'évangile est pour les chretiens.

AUGUSTE.

Je ne vous en demande pas davantage : si la Charte qui fonde la liberté individuelle, est suivie, la police générale est sans action et sans but.

Si la liberté individuelle est suspendue par une loi transitoire, on n'a pas besoin de la police générale pour exécuter la loi.

M. PRUDHOMME.

Votre dilemme est faux dans ses deux parties, et je vais vous le prouver. Quels sont les organes, quels sont les gardiens, les défenseurs de la Charte donnée volontairement aux Français, par le Roi

AUGUSTE.

Ce sons les membres des deux Chambres.

M. PRUDHOMME.

Ne faut-il pas que chaque article de la Charte soit discuté ?

AUGUSTE.

Oui.

M. PRUDHOMME.

Quand un article fait-il loi ?

AUGUSTE.

Le jour que les Chambres l'ont décrété.

M. PRUDHOMME.

Les Chambres peuvent-elles en suspendre l'effet ?

AUGUSTE.

Suspendre ? oui.

M Prudhomme.

Ont - elles le droit d'y mettre les amendemens qu'elles jugent necessaires ?

Auguste

Certainement

M Prudhomme

Je vous arrete a mon tour , et je vous tiens dans le cercle de Popilius Le 29 octobre 1815, sur la demande du ministre de la police generale, les Chambres, sur sa responsabilité, porterent la loi qui investit les ministres d un pouvoir discretionnaire Cette loi avait pour objet de donner a l autorite chargée de veiller aux interets les plus saints de la societe, a la sûrete de l Etat et du trone, la force dont elle a besoin pour reprimer les grands coupables, et pour prevenir , remarquez bien ce mot, et pour *prévenir* les attentats de ces hommes auxquels le remords est etranger, que le pardon ne peut ramener , que la clemence offense, que rien ne peut rassurer, parce qu il est des consciences qui ne se rassurent pas

Auguste

Mais ce meme ministre , dans la séance du 7 décembre dernier , de la Chambre des Députés , a annonce, que ces hommes ne souillaient plus le sol de la France Quand la cause est ôtée , l'effet doit disparaitre La loi transitoire doit donc cesser son effet

M Prudhomme.

En annoncant que ces hommes etaient disparus ,

le ministre n'a pas caché qu'ils étaient remplacés par des êtres mille fois plus dangereux, parce qu'ils complottent dans l'ombre, et qu'ils sont aux séditieux, ce que les empoisonneurs sont aux assassins. Ce sont surtout ces chefs de partis qu'il faut découvrir, dont il faut surprendre les secrets, suivre les menées, déjouer les projets, éventer les mines, et c'est dans des momens pareils que la police doit être armée d'un pouvoir discrétionnaire. Les malveillans complottent dans l'ombre, c'est dans l'ombre qu'il faut les surprendre, les attaquer et les combattre.

La police a donc son action et son but, si la Charte, qui fonde la liberté individuelle, est suivie.

Et si la liberté individuelle est suspendue, par une loi transitoire, la police générale peut seule exécuter cette loi.

AUGUSTE.

Qu'elle se renferme donc dans ses sourdes menées, et qu'elle ne vienne pas insulter à la justice jusque dans son sanctuaire.

H. PRUDHOMME.

Point de déclamations, des raisonnemens et des preuves.

AUGUSTE.

En voici : elle intervient en matière criminelle, elle attaque les premiers principes de l'ordre judiciaire. L'article 64 de la Charte porte ces mots :

Les débats seront publics en matière criminelle.

Mais si quelques-uns des agens de la police se trouvent mêlés dans une affaire criminelle, comme

complices volontaires , afin de pouvoir devenir dela-
teurs , si dans l'instruction du procès les accusés relevent cette double turpitude , qui tend a les excuser
en affaiblissant les dépositions d'un témoin odieux ,
la police defend aux journaux de parler de cette partie
des debats , ainsi l'entiere publicité n'existe que pour
l accuse , et n'existe pas pour l'accusateur.

M. PRUDHOMME.

D'abord , il faut citer l'article de la Charte tout
entier , et le voici.

*Les debats seront publics en matière criminelle ,
à moins que cette publicité ne soit dangereuse pour
l'ordre et les mœurs , et dans ce cas le tribunal le
déclare par un jugement.*

Je vous l'ai déjà dit   la police, une lanterne sourde
à la main , marche devant la justice, et c'est elle qui
lui découvre le malfaiteur qu'elle n'a pu désarmer, et
qu'elle n'a pas le droit de punir. Or, faire connaître
le delateur d'un crime avéré, c'est éteindre cette lanterne si nécessaire. A quoi serviront à la police ses
agens, du moment qu'il seront connus des malfaiteurs
Cette publicite serait donc dangereuse pour l'ordre et
pour la sûrete publique , et c'est un des cas dans lesquels la Charte ne l'exige pas.

Cela me rappelle le projet d'un lieutenant de police
que je ne vous nommerai pas , parce qu'il est trop
connu , qui voulait donner un uniforme à tous les
agens de la police.

Vous reprochez ensuite à la police de défendre

aux journaux de parler contre les délateurs les faits
vous démentent, car, les journaux ont plus d'une
fois retentis des récriminations d'accusés contre des
complices , ou des témoins convaincus de perfides
suggessions. C'est alors que la police doit les livrer
a toute la sévérité de la justice , et à l'indignation
générale   a-t-elle cherché a y soustraire un Perlet [1]
un journal n'a-t-il pas dernièrement nomme en toutes
lettres deux comtes qui....

AUGUSTE.

Je concois que la politique d'un gouvernement ,
encore agité des secousses violentes qui l'ont ébranlé ,
pourrait autoriser les empiétemens de la police, si elle
etait aussi utile que vous le pretendez , mais , à l'examen des faits , on voit qu'elle est de toute nullité.
Quelle conspiration a-t-elle jamais découverte , même
sous Bonaparte ? Elle laisse faire le 3 nivose , elle
laisse Mallet conduire Savary , c'est-à-dire , la police
même à la Force, sous le Roi, elle a permis pendant
dix mois à une vaste conjuration de se former autour
du trône. Elle ne voyait rien , elle ne savait rien , les
paquets de Napoléon voyageaient publiquement par
la poste , les couriers étaient à lui , les freres Lalle-
mant marchaient avec armes et bagages, le Nain jaune
parlait *des plumes de Cannes* , l'usurpateur venait de
debarquer dans ce port , et la police ignorait tout.
Depuis le retour du Roi, tout un departement s'est
rempli d'armes , des paysans se sont formés en corps
et ont marche contre une ville , et la police générale
n'a rien empeché , rien trouvé , rien su , rien prévu.

Les découvertes les plus importantes ont été dues a
des polices particulieres, au hasard, a la bonne vo-
lonte de quelques citoyens zéles.

M. Prudhomme.

Je ne vous ai pas interrompu, parce qu'on ne rai-
sonne pas contre des faits, et qu'a quelques circonstances pres, ceux que vous venez de citer sont exacts,
mais de ce que quelques ministres de la police n'auront
pas toujours été à la hauteur de leurs places, de ce
que d'autres auront été trompés par des agens negli-
gens ou même infideles, faut il faire tomber les fautes
des particuliers sur le ministere entier ? Vous venez
de citer quelques faits que je ne nie pas, mais pourquoi en citer de faux ? La police actuelle a-t-elle eté
imprévoyante sur les évenemens de Grenoble ? Trois
semaines avant que la sedition eût eclaté, l'état de ce
departement etait connu, des forces y avaient ete en-
voyees, et la veille de l'attaque, les principaux chefs
etaient arretes Voila des circonstances que les deputés
connaissent D'ailleurs, pourquoi grossir les evene-
mens ? Trois cents paysans egares quittent leurs vil-
lages, un tiers ignorait le veritable motif de ce depla-
cement, et croyait venir a des fetes, à des rejouis-
sances, conduit par un chef que la police surveillait
depuis trois mois

Dans les autres parties de la France, à Paris surtout, si la tranquillite n'a pas été troublee, a qui le
doit on ? a la surveillance du ministre de la police
generale « Rappelez vous l'etat ou etait la France à
« l'ouverture de la derniere session, comparez-le avec

« son état actuel ; examinez les progrès qu'ont fait
« depuis cette époque la sécurité publique , l'ordre
« intérieur , l'autorité rencontrant chaque jour moins
« d'obstacles dans son action , là , calmant des haines ,
« ici , dissipant des craintes , tous les intérêts rassurés,
» nos relations au dehors paisibles et régulieres ; vous
« reconnaîtrez dans tous ces biens les résultats de la
« marche que la haute sagesse du Roi avait tracée , »
dont le ministre de la police générale a été l'heureux
et fidele exécuteur , et si j'ouvrais devant vous les nom
breux recueils des archives de la police , de quelle
masse immense de services rendus à l'Etat , au Gouvernement , à la justice , aux familles , aux simples
particuliers , je vous accablerais. A deux ou trois fautes,
j'opposerais des siècles entiers et des milliers de bien-
faits , d'ailleurs , parce que tous les ministres ne sont
pas des d'Argenson , des Sartines , des Lenoir , faut-il
pour cela proscrire le ministere ? Parce que dans la
longue série de nos Rois , tous ne furent pas des Phi-
lippe-Auguste , des Charles V , des Louis IX , des
Louis XII , des Henri IV , des Louis XIV , des
Louis XVI , faut-il brisei les sceptres ? égorger les
Rois , déchirer le pacte sacré , ce pacte , le bonheur
de la France , LA LÉGITIMITÉ Le ciel n'est pas toujours
pur , le soleil lui-même à ses éclipses , il n'y a que
Dieu d'immuable et de parfait , parce qu'il est Dieu. Des
etres créés , le meilleur est celui qui a le moins de dé-
faut L'instruction la plus sage , est celle dont l'utilité
surpasse les dangers. Telle est la police generale.

Auguste

La police entre les mains d'un ministre sage, habile, fidèle à son Roi, soutien de l'ordre général, protecteur du peuple, est réellement utile. Vous me forcez d'en convenir, mais convenez à votre tour qu'elle serait bien dangereuse avec tout son pouvoir et ses immenses attributions, si elle était confiée à un traître.

M. Prudhomme.

Ne supposez pas une chose contre toute vraisemblance, ne vous battez pas contre des moulins à vent. Jugez d'après ce qui est, et non d'après ce qui pourrait être. Mais, me direz vous, car je ne cherche pas à éluder vos objections, quelle institution n'a pas ses dangers, un Roi peut être un tyran, une Chambre des Députés peut devenir une *Convention*, un magistrat peut envoyer un innocent à la mort, un guerrier peut trahir sa patrie et son Roi, faut il pour cela renverser les trônes, dissoudre les chambres, fermer le temple de la justice, briser l'épée des guerriers ? D'ailleurs, un ministre de la police générale pourrait-il être longtemps infidèle ? S'il veille sur tous les citoyens, tous les citoyens le surveillent, il n'échappera pas à l'opinion publique, qui le dénoncera aux Députés de la nation. Ils ont le droit de l'accuser, la Chambre des Pairs a celui de le juger. Il est responsable de tous les actes inconstitutionnels de son ministère. Il ne peut être long temps dangereux, parce qu'il ne peut être long temps coupable. Ne vous jetez donc pas dans de vaines et inutiles déclamations, qui ne prouveraient qu'une aveugle ou injuste partialité Je ne veux pas vous soupçonner un autre sentiment.

AUGUSTE.

Toutes les objections faites contre la police tomberaient d'elles-mêmes, si elle était remise aux magistrats, et si elle émanait immédiatement de la loi Le ministre de la justice, les procureurs généraux et les procureurs du Roi sont les agens naturels de la police générale.

M. PRUDHOMME.

Le ministre de la justice, les procureurs généraux et les procureurs du Roi, sont les agens de la justice et non pas ceux de la police. Ils font exécuter la loi dans toute sa rigueur Leurs prononcés sont des arréts sacrés, terribles; il ne leur est pas permis de les altérer en rien. Le criminel est à leurs pieds, insensibles à ses larmes, à ses remords, il faut qu'ils le frappent. Voilà la justice.

Douce, indulgente, paternelle, la police ne peut soustraire le criminel au glaive de la justice, mais elle fait plus : elle prévient le crime. Voila son devoir, voilà ses fonctions.

J'ai répondu en homme vrai, en honnete homme, à toutes les objections que vous m'avez faites, je ne veux pas répondre à des declamations, à des injures, a des suppositions ridicules, et notre discussion doit etre terminée, puisque je vous ai prouvé que la police est .

« Une puissance protectrice, prévoyante et pa-

« ternelle, qui veille à la tranquillité publique et à la
« sûreté particulière, qui réforme les abus, réprime
« les vices et prévient les crimes. »

AUGUSTE.

Un seul mot encore, et je me rends   un ministre
de la police peut-il se permettre d'influencer les elections des membres de la Chambre des Députés? Est-
ce au ministre des boues et lanternes à choisir les
représentans de la nation?

M. PRUDHOMME.

Quelle plate plaisanterie! Le chancelier de France
a sous ses ordres les huissiers exploitans et les recors :
le nommerez-vous le ministre des recors? Quant à
votre demande, j'étais étonné que vous ne me l'eus-
siez pas faite, et voici ma reponse.

(En même temps, M Prudhomme tira de sa poche
cette lettre que le ministre de la police générale
adressa à tous les préfets le 12 septembré 1816, lors
de la convocation des électeurs, et il en fit la lecture
à Auguste)

LETTRE

DU MINISTRE DE LA POLICE GÉNÉRALE AUX PREFETS.

Sous le rapport de la convocation, point d'exclusions odieuses, point d'applications illégales des dispositions de la haute-police pour écarter ceux qui sont appelés à voter. Surveillance active, mais liberté entière, point d'extension arbitraire aux adjonctions autorisées par l'ordonnance, et de nature à détruire l'effet d'une prétention dictée par une sage prévoyance.

Sous celui des élections, ce que le Roi veut, ses mandataires doivent le vouloir : il n'y a pas deux sortes d'intérets dans l'etat, et, pour faire disparaître jusqu'à l'ombre des partis, qui ne sauraient subsister sans menacer son existence, il ne faut que des députés dont les intentions soient de marcher d'accord avec le Roi, avec la Charte, avec la Nation, dont les destinees reposent en quelque sorte entre leurs mains. Les deputes qui se sont constamment écartes de ces principes tutelaires ne sauraient donc être désignés par l'autorite royale, se prevaloir de son influence, obtenir une faveur qui tournerait au detriment de la chose publique.

Point de giâce pour la malveillance qui se décla-
reiait par des actes ostensibles , qui afficherait de coupables espérances, qui croirait trouver dans un grand
acte politique et de justice , une occasion de trouble
et de désordre. La loi du 29 octobre reste dans toute
sa vigueur, mais ce n'est pas pour en abuser · c'est
pour s'en servir à propos, avec connaissance de cause,
et en rendant un compte exact de leurs opérations,
que le soin d'en appliquer les dispositions a été confié
à des administrateurs éclairés.

Ils s'opposerout à la publicatiou de ces correspon-
dances empressées et toujours marquées au coin de
l'exageration, que les membres des sociétés secretes
sont en possession de faire parvenir sous le manteau
du 1oyalisme.

Dans l'ordonnance du Roi, ils ne verront que sa
volonté, les besoins de l'Etat et la Charte Dans leurs
inceititudes , ils s'adresseront aux ministres. A des
demandes exprimées avec franchise, ils recevront des
1éponses non moins franches . des directions étran-
geres ne pourraient que les égarer. Leur tâche est im-
portante, mais elle est facile, parce qu'elle est clai-
rement indiquée, et qu'ils sont assurés de [l'appui
d'un ministre surveillant, et foit de la volonté du Roi
et de sa confiance.

Celle que Sa Majesté a placée dans ses préfets ne
seia point trompée dans cette circonstance Elle attend d'eux qu'ils dirigent tous leuis efforts pour éloi-
gnei des elections les ennemis du tiône et de la legi-
timite, qui voudraient renverser l'un et écarter l'autre,
et ses amis insensés qui l ebranleraient en voulant le

servir autrement que le Roi veut l'être, qui, dans leur aveuglement, osent dicter des lois à sa sagesse et prétendent gouverner pour lui.

Le Roi ne veut aucune exagération. Il attend, des choix des colléges électoraux, des députés qui apportent à la nouvelle Chambre les principes de moderation qui sont la règle de son gouvernement et de sa politique, qui n'appartiennent à aucun parti, à aucune societe secrète, qui n'écoutent d'autres intérêts que ceux de l'Etat et du trône, qui n'apportent aucune arrière-pensée, et respectent avec franchise la Charte, comme ils aiment le Roi avec amour.

Signé, le comte DE CAZES,
ministre d'état au département
de la police genérale.

Paris, le 12 septembre 1816

M. PRUDHOMME.

Peut-on pousser plus loin le respect pour la liberté des suffrages? Cette lettre est la preuve la plus éclatante des sentimens du ministre, et son plus bel eloge.

AUGUSTE

Mais les manœuvres secretes pour écarter des electeurs, ou pour les empecher de nommer pour députés des hommes auxquels on n'avait a reprocher qu'un zele trop ardent peut-etre pour la monarchie pure ?

M. PRUDHOMME.

Ce zèle trop ardent, si respectable par son motif, etait justement ce qu'il fallait redouter dans un mo-

ment ou le Roi lui-meme donnait a la nation entiere
l exemple sublime de la moderation et d un genereux
oubli, qui seuls peuvent faire renaître la concorde
parmi tous les Français, et assurer le bonheur general
en éteignant tous les partis. Enfin, pour ne vous rien
laisser a desirer, meditez bien attentivement le discours prononcé par le ministre à la Chambre des Deputés, en venant lui presenter le projet de loi sur la
liberte de la presse et sur la liberté individuelle, le
7 decembre dernier

Maintenant, jeune homme, etes-vous convaincu ?
êtes vous satisfait ?

AUGUSTE (lui serrant la main)

Oui, Monsieur, en m'éclairant, vous avez enleve
un poids bien lourd qui pesait sur mon cœur puis-
siez vous me ramener aussi aisement aux mœurs, que
vous venez de me rappeler a la raison !

Nous nous levâmes alors de table. M. Prudhomme
et Auguste, egalement satisfaits, prirent congé de moi,
en me promettant d entretenir une correspondance
suivie Je leur souhaitai le plus heureux voyage, et
nous nous séparâmes

CHAPITRE V.

____

Un quart d'heure de politique.

RESTÉ seul, la tête remplie de tout ce que je venais d'entendre, je m'écriai : *Et moi aussi, j'ai mon opinion !* et comme je suis certain qu'elle n'est pas seditieuse, que je suis même prêt à l'abandonner, si l'on me prouve qu'elle peut être dangereuse, je veux l'énoncer avec franchise, et je la fais imprimer, parce que je ne crains pas de compromettre mon libraire.

Mon Opinion sur la Politique, sur la Charte et sur les Chambres.

Je ne connais que trois gouvernemens positifs :
Le gouvernement despotique.
Le gouvernement monarchique.
Le gouvernement démocratique.
Le gouvernement despotique est un pouvoir unique, sans borne, sans arrêt, au-dessus de toute loi. Il touche à la tyrannie.
Le gouvernement démocratique est un pouvoir que se disputent la noblesse et le peuple, toujours opposés, toujours rivaux. La noblesse cherche à opprimer, le peuple veut empieter : il finit par l'anarchie.

Le gouvernement monarchique est celui d'un souverain qui regne seul d apres des lois qu il respecte et
fait executer Ce gouvernement n a ni les abus du despotisme, ni les dangers de la democratie quand il
reunit la *légitimite*, il est parfait

C est lui qui jusqu a ce jour a régi la France c'est
lui qui en a fait l eclat et le bonheur

Un roi de France etait le seul maître il n'avait au-
dessus de lui que Dieu, et les lois qu'il jurait d'obser-
ver en montant sur son trône Il pouvait en ajouter
de nouvelles, selon les circonstances, et d apres les
besoins de son peuple, apres les avoir toutefois soumises a l examen et a la discussion de ses conseils

Il confiait l'execution de ces lois a ses differens ministres il les choisissait et les renvoyait a son gre

Apres vingt années de troubles et de malheurs,
Louis XVIII est remonté sur son trône Dans la plé-
nitude de sa bonté, il a donné à son peuple la Charte
constitutionnelle, son peuple l a reçue avec l'enthousiasme de la reconnaissance elle est devenue la loi
de l'Etat Je m'y soumets avec respect Je ne me per-
mets pas meme d'examiner si la distinction du pouvoir
législatif et du pouvoir executif, au lieu de prêter force
à l un et a l autre, ne finira pas par détruire l un par
l'autre, et si leur amalgame n'est pas contre nature.

Je ne me permettrai donc pas de parler de la Charte,
ni des deux Chambres, ni de leur composition, ni de
leurs attributions

Je dirai seulement que je désirerais que leur sanctuaire ne fut jamais expose à l'œil profane, que je

voudrais que leurs discussions ne fussent jamais publiques, et qu'il fût défendu à tous les journalistes de faire
connaître les différentes opinions des membres Je sais
qu'elles sont libres je'sais que c'est la discussion qui
seule découvre la vérité, mais cette discussion, telle sage,
telle modérée , telle impartiale qu'elle soit, a ses dangers Aussitôt que le combat est fini , le mecontent
s'élance sur le champ de bataille , saisit les armes bri
sées , et de leurs tronçons même se fait encore des
armes meurtrieres

Je voudrais encore que tout membre d'une chambre,
fut assez modeste pour se soumettre à la pluralité , et
que quand une discussion est fermee , que la loi est
rejetée ou decrétée , il oubliât son opinion , qu'il fut
assez prudent pour ne lui pas donner de publicité , et
qu'il fût enfin le premier à montrer l'exemple de l'o-
béissance à la loi, et d'un respectueux silence L'amour-
propre en souffrirait peut etre , mais le patriotisme
s'en applaudirait.

Mon Opinion sur les Lois

Mon principe unique est qu'il vaut mieux prevenir
le crime que de le punir.

La police le prévient,

La loi le punit.

Voila la différence de la justice et de la police

Chez les peuples encore neufs, toutes les lois sont
positives, et en petit nombre ; elles se multiplient avec la
civilisation , mere des vices. Le sauvage connaît le vol

et l homicide l empoisonnement, la séduction, l'escroquerie lui sont inconnues Il n'a point de degrés ,
point de nuances dans ses crimes, il ne doit pas en
avoir dans ses lois et dans leur peines

On a institue des châtimens pour les fautes, des
supplices pour les crimes , où sont les récompenses
donnees a la probite ? Un homme, pendant soixante
ans , aura fidelement rempli tous les devoirs de citoyen, il aura toujours ete bon fils , bon epoux , bon
pere, bon ami , associe fidele, sujet obeissant, son nom
n aura ete prononce qu avec eloge dans le temple de la
justice, dans les chambres de commerce Quels signes
le distinguent de l intrigant adroit qui, a force de prudence et de souplesse, a su se derober a l'œil du magistrat ? On encourage, on paie, on illustre les talens,
aucun legislateur n'a songé à recompenser l homme
vertueux , on croit etre quitte envers lui, en disant
il a fait son devoir

La vertu a aussi son orgueil , et l'emulation cree
les vertus comme les talens

Mon opinion sur les Ministres

Rien n'affaiblit le crédit public et la confiance des
particuliers, comme le changement des ministres

Le Gouvernement n est jamais plus fort que lors-
qu'il est long temps dans la meme main, il faut qu un
ministre mûrisse dans sa place La confiance du Prince
force tot ou tard celle du peuple Tout ministre en
faveur commence par inspirer l'envie , la cabale
s agite sourdement autour de lui, soit pour le cul-

buter, soit pour le remplacer, mais, si des talens vrais, si la fermeté du maître le soutient, il finit par écraser l'envie et par dissiper la cabale.

Henri IV n'eut peut-etre été qu'un bon roi, s'il n'eut eu son ami pour ministre. Louis XIII n'aima pas Richelieu, mais subjugé par son génie, il lui abandonna le timon de l'Etat. Ce prince, si brave sur le champ de bataille, etait timide et méfiant au Louvre Le roi priait dans son oratoire, le prelat gouvernait et régnait Si le regne de Louis XIV brilla d'un double eclat, il dut toute sa gloire a deux hommes, qui tous deux moururent ministres Louvois faisait naître des heros, quand Colbert creait les finances en protégeant le commerce, les manufactures et les arts

Tant que Louis XV fut sous la tutelle du cardinal de Fleury, il mérita le surnom de *Bien-aimé*, il perdit l'amour de ses sujets et la considération de l'Europe, le jour qu'il sacrifia le duc de Choiseul à une courtisanne

Louis XVI était le plus vertueux des Francais, mais il manqua de la qualite la plus necessaire a un Roi il n'osa pas retenir dans ses mains les renes de l'Etat S'il choisit quelques ministres honnetes, il n'eut pas l'energie de les conserver L'intrigue les lui enleva

Malesherbes et Turgot parurent un moment pour prouver cette verite, que, pour conduire un peuple neuf, il faut des ministres vertueux, mais que les nations civilisees et corrompues ont besoin de ministres adroits

Le choix que fit Louis XVI, en montant sur le trône, du comte de Maurepas et du comte de Saint-Germain, fut la cause de la révolution. En rappelant les parlemens, Maurepas rendit au Roi ses hôtes, Saint Germain brisa son épée en supprimant sa maison. On n'eut pas corrompu l'élite de la noblesse, comme le régiment de Flandre et comme les Gardes-Françaises. Si le parlement eut enregistré l'impot territorial et celui du timbre, le Roi n'eut pas été forcé de convoquer les Etats Généraux, et d'appeler auprès de lui les notables, séduits par les déclamations de Mirabeau, ou épouvantés par les Danton, les Curier et les Robertspierre.

Les ministres, en général, prennent la teinte du caractère des Souverains. Pendant les horreurs de la terreur, l'anarchie républicaine, et le despotisme sanglant de Buonaparte, le ministre de la police ne devait être qu'un homme de sang, sous un Bourbon, c'est un protecteur, c'est un père.

Ce que les ministres sont aux Rois, les commis et les agens le sont aux ministres. Ils sont insolens, leurs formes sont rudes et acerbes sous un ministre hautain et cruel, elles sont prévenantes et douces sous un ministre honnête et bienfaisant.

Du Ministre de la police

De tous les ministeres, celui de la police générale, s'il n'est pas le plus utile, est au moins le plus

Le Roi travaille avec tous ses ministres, il cause avec celui de la police, quand son génie a saisi les vues du diplomate, et pese les intérêts de l'Europe, quand il a équilibré la balance du magistrat, quand il s'est occupé de l'organisation de ses armees et de sa marine, quand sa bonte paternelle s'est fait rendre compte des moyens d'assurer le bonheur de son peuple, d'alléger ses charges, de vivifier son commerce, ses arts, ses manufactures, il se delasse de ces soins sévères avec le ministre de la police. C'est lui qui jette des fleurs sur ses travaux, qui lui rend compte de l'amour général, qui peut se permettre de le faire sourire, en lui montrant le simple particulier dans la gaieté de son intérieur. Enfin, si le Roi récompense tous ses ministres de son estime et de sa confiance, il accorde son amitié et sa familiarite a celui de la police, il s'endort tranquille, parce qu'il sait que son ministre veille.

Plus les devoirs du ministre de la police sont doux et aisés à remplir aupres du Souverain, plus ils sont ingrats, plus ils sont immenses vis-a-vis du peuple, toujours exigeant, toujours injuste.

Il faut qu'il assure la tranquillité de tous les citoyens, en paralysant la main du méchant.

Le meilleur de tous les moyens est de veiller sur les mœurs, personne n'ignore combien elles ont d'influence sur le sort des peuples. C'est le vice, c'est la debauche, qui rendent les hommes ennemis du travail, qui leur donnent de fausses lumieres.

Les premiers meneurs de la révolution connaissaient

bien ce secret · pour changer le Francais, pour le rendre méchant et cruel, ils commencèrent par le démoraliser, sous le prétexte de l'instruire Ils lui firent mépriser la religion et les mœurs. Comme le serpent, ils lui presenterent l'arbre de mort, qu'il nommaient l'arbre de vie

Il faut donc que le ministre de la police générale s'occupe surtout des mœurs, il faut qu'il ait entre ses mains le pouvoir de les retremper, il faut enfin qu'il soit le prefet qu'Auguste créa pour Rome

Le premier moyen pour rappeler le Francais aux mœurs est de changer l'education de l'enfance et l'instruction de la jeunesse. C'est l'enfance qui recoit le germe des vertus ou des vices, c'est des premieres leçons qu'on nous donne que naissent nos inclinations, leur influence se fait sentir sur tout le cours de la vie, et c'est presque toujours nos premiers momens qui decident nos derniers, et, comme l'a dit M de Dampmartin dans son ouvrage *sur l'éducation et sur le choix des instituteurs* « Les traces de la révolution ne seront effacees, et leur retour ne sera prevenu que par l'education »

Le ministre, qui a deja dans ses attributions l'imprimerie et la librairie, et qui en a confie la direction au jeune Demosthene qui fait aussi la gloire de l'Université par son eloquence dont il donne a la fois le modele et la lecon, doit donc avoir egalement l'inspection des colleges, des lycees, et meme des bibliotheques publiques

Le second moyen, et peut etre le plus efficace, est le plaisirs.

Le théâtre est le premier de tous ; il doit être l'école des mœurs · ses avantages sont réels, ses dangers, ses abus ne sont qu'accessoires et aisés à réprimer. Ils dépendent de ses censeurs ; que la censure s'attache plus aux effets qu'aux formes.

Sans enlever à **MM.** les gentilshommes de la chambre la haute-main sur les théâtres royaux, le ministre de la police générale ne pourrait-il pas avoir dans chacun de ces spectacles un *inspecteur lettré* qui lui rendît compte de l'effet que produisent à la représentation les pièces soit anciennes soit nouvelles. La froide lecture du cabinet est souvent loin de soupçonner cet effet que produit une phrase, ou un vers, ou même une simple intonation à la représentation. Il ne faut souvent qu'un mot pour dévoiler une opinion qui n'attend que le moment de faire explosion.

Le préfet de police a établi un inspecteur pour les six théâtres subalternes. C'est bien peu pour six théâtres qui s'ouvrent tous les jours et qui réunissent au moins six mille spectateurs , surtout si cet inspecteur a le droit et le soin de ne laisser jouer aucun ouvrage nouveau sans en avoir vu la dernière répétition, et sans en avoir autorisé la mise en scène, et le ministre de la police générale n'en a pas un seul pour les quatre grands théâtres.

Les bornes que je veux mettre à cet écrit ne me permettent pas de donner ici tous les développemens nécessaires à mes idées sur les changemens qu'exigent en général les théâtres dont on connaît si peu l'influence et l'utilité, que des sages , dans le dix neuvième siecle ,

viennent de les proscrire et de les outrager publiquement.

Ils ont sans doute oublié que madame de Maintenon,
après avoir fondé la communauté de Saint-Cyr dont
elle avait elle-même dressé les reglemens, commanda
à Racine ESTHER et ATHALIE, et qu'elle les fit jouer
en présence du Roi et de toute sa cour par les jeunes
pensionnaires de cette maison royale d'éducation

Ils ont fait un crime à de jeunes étudians de 16 et
de 18 ans, d'avoir pris, dans un jour de fete annuelle,
pour délassement, un plaisir dont madame de Maintenon faisait une douce étude à ses jeunes pensionnaires, elle qui se présenterait a la postérité sans
craindre aucun reproche, si elle n'eût pas poussé trop
loin, non pas la piété, mais l'intolerance de la devotion

J'ai donné ma profession de foi sur le ministere de
la police générale, je finis en m'adressant aux prefets
des polices municipales Ce sont eux qui font connaître au ministre l'opinion du peuple , ce sont eux
qui doivent la travailler pour l'affermir , si elle est
sage , pour la rectifier, si on cherche à l'egarer

Que les commissaires de police fassent donc sur-
veiller sévèrement les salles de danse et de rassem-
blement , qu'ils ne dedaignent pas même les guin-
guettes. C'est là, c'est en se livrant à la gaîté que
le peuple ouvre son cœur et l'epanche.

J'ignore pourquoi l'on ne s'occupe pas davantage à
travailler son opinion Dans ma jeunesse , on em-
ployait, sans qu'il s'en doutât, un moyen qui con-
venait parfaitement a son caractere . c'etaient *les*

Chansonniers publics. Je ne les rencontre plus ; ils sont remplacés, dans nos carrefours, dans nos rues, par des orgues de Barbarie, qui n'ont aucune influence sur les mœurs. Qu'on ranime les chansonniers, qu'on leur rende leurs gais refrains, que le peuple les répète, qu'il chante, et je réponds de sa tranquillité. Le cardinal de Mazarin le connaissait bien.

Aux chansonniers ajoutez les caricatures : on ne calcule pas assez leur pouvoir et leur utilité. Bien inspectées, bien choisies, elles produisent peut-être plus d'effet que la chanson, si comme l'a dit le poete philosophe, l'œil saisit plus avidement que l'oreille.

Je n'ajouterai plus qu'un mot, et je l'adresse aux hommes dont j'admire et dont je respecte le plus les talens : qu'ils m'entendent bien.

LES PHILOSOPHES DU DIX — HUITIEME SIECLE, AU LIEU D'ÉCLAIRER LES SAGES AVEC LA LANTERNE DE DIOGÈNE, ONT ÉBLOUI LE PEUPLE AVEC LA TORCHE D'EROSTRATE.

FIN.

9 782014 043228